Paul Heyse

Der letzte Zentaur; Novelle

in Großdruckschrift

Paul Heyse

Der letzte Zentaur; Novelle

in Großdruckschrift

Reproduktion des Originals.

1. Auflage 2024 | ISBN: 978-3-38732-428-0

Megali Verlag ist ein Imprint der Outlook Verlagsgesellschaft mbH.

Verlag: Outlook Verlag GmbH, Zeilweg 44, 60439 Frankfurt, Deutschland
Vertretungsberechtigt: E. Roepke, Zeilweg 44, 60439 Frankfurt, Deutschland
Druck: Books on Demand GmbH, In de Tarpen 42, 22848 Norderstedt, Deutschland

DER LETZTE ZENTAUR

NOVELLE

PAUL HEYSE

1904

Vom Turm der Frauenkirche schlug es Mitternacht.

Ich kam aus einer Gesellschaft, in der man sich vergebens bemüht hatte, eine sehr lahme und trockene Unterhaltung mit gutem Wein in Fluß zu bringen. Der Kopf war mir immer heißer geworden und das Herz immer kühler. Endlich hatte ich mich weggestohlen in den sommerwarmen Mondschein hinaus und schlenderte ziellos durch die totenstille, taghelle Stadt, um den Unmut über die verlorenen Stunden verdampfen zu lassen. Als ich an der ehrwürdigen Marienkirche vorbei durch das Frauengäßchen in die Kaufingergasse trat, blieb ich plötzlich stehen.

Mir gegenüber lag, seine drei Stockwerke mit den dunklen Fenstern
gegen Mitternacht erhebend, ein wohlbekanntes Haus mit vorspringender
Ecke und einem blauen Laternchen über dem Eingang, in dem ich vor mehr
als einem Jahrzehnt manche unvergeßliche Nacht bei schlechterem
Getränk als heute, aber unter feurigeren Gesprächen zugebracht hatte.
Ich las die Inschrift über der zierlich geschnitzten, von zwei Karyatiden gestützten Holzumrahmung des Torwegs:
"Weinhandlung von
August Schimon".

Jawohl, sagte ich vor mich hin, die Zeiten wandeln sich und wir mit ihnen! Das ist noch derselbe Name, der damals in jeder Woche unsre Losung war. Aber der ihn trug, der behäbige Mann mit dem schwarzen Kraushaar und den verschmitzten kleinen Augen,—wo ist er hingekommen? Sein Glücksstern hatte nur über diesem Hause leuchten wollen. Als er es verließ, um in einem prachtvollen Hotel den Wirt zu machen, war es mit ihm rückwärts gegangen, bis zu einem traurigen Ende. Seine Gutmütigkeit soll ihn in unglückliche Spekulationen anderer verwickelt haben, vielleicht auch ein phantastischer Zug zum Großen und Gewagten, den er mit einigen seiner Gäste gemein hatte. Er war eben ein Idealist unter den Gastwirten, und sein Andenken ist mir teuer geblieben, trotz seiner Weine, auf die Freund Emanuel damals nach der Melodie des Dies irae die schöne Strophe dichtete:

Sed post Schimonense vinum
Malum venit matutinum,
Luctum quod vocant felinum!

Heutzutage, da die Erben das Geschäft fortsetzen, sollen die Weine sich bedeutend gebessert haben und der alten Firma Ehre machen. Aber können die besten neuen Weine für die gute alte Gesellschaft entschädigen, die nun nicht mehr von ihnen trinkt und den trüben Lethetrank oder selbst den Nektar der Unsterblichkeit gern hingäbe um ein paar Flaschen jenes dunkelroten Ungarweines, den wir mit Todesverachtung und "festlich hoher Seele" so manchmal hier "dem Morgen zugebracht"? Wie gern ließ' ich alles morgendliche Nachweh über mich ergehen, könnt' ich noch einmal dich, teurer Genelli, hinter dem Tische in dem niedrigen leichtangerauchten Weinstübchen sitzen sehen, die volle Unterlippe halb freudig, halb trotzig aufgeworfen, während eine göttliche Kinderfröhlichkeit dir aus den Augen blitzte! Damals warst du noch nicht Großherzoglich Weimarischer Professor und Falkenritter; du hattest noch nicht in dem Freiherrn von Schack den Mäzen gefunden, der dich in den Stand setzte, die Entwürfe deiner Jugend endlich nach jahrzehntelangem Hoffen und Harren in Farben auszuführen. Oben in deinem bescheidenen Quartier am Stadtgarten saßest du, und die Gesellschaft deiner Götter und Heroen ließ dich die Welt vergessen, die dich vergaß. Aber wenn du auch oft zu warm warst, um die Bleistifte zu bezahlen, mit denen du, in zarten Linien leicht umrissen, deine Träume von den Göttern Griechenlands auf reinliche Blätter schriebst: nie sah ich den Schatten von Erdennot und Sorge auf deiner olympischen Stirn, die wie ein Berggipfel über allem Gewölk sich im ewigen Äther sonnte. Und wie auch die Sorge an deinem Herde die Rolle des Heimchens spielen mochte—einmal in jeder Woche lenktest du den Schritt zu diesem Hause, um den Anflug von Staub und Moder, der sich etwa an deine Seele zu setzen versucht, im Weine wegzuspülen. Ob der wackere Schimon die Ehre zu schätzen wußte, die du ihm antatest? Ich entsinne mich kaum, daß ich dich deinen Wein hätte bezahlen sehen, wie andere Erdensöhne. Freilich warst du auch stets der Letzte, der ging, noch ganz aufrechten Hauptes und festen Ganges, gefeit gegen das vielberufene malum matutinum, und auch darum vielleicht unserm Wirt so teuer, weil du den Glauben an die Unverfälschtheit seines roten Ungar mit der Macht deiner Rede und deines Beispiels verteidigtest.

Schöne, ambrosische Mitternächte, wenn der zweifelhafte Nektar seine Kraft bewies und den Meister über alle Not der Gegenwart hinweg in seine römische Jugend zurückführte! Dann wurden, während Dichtung und Wahrheit sich traulich in eins verschlangen, die Schatten der wackeren Vorfahren heraufbeschworen, die in Rom zuerst, nach Winckelmanns und Carstens Heimgange, der deutschen Kunst eine Freistätte bereitet hatten. Der seltsame Poet und seltsamere Maler, der als Maler Müller dem heutigen Geschlecht trotz neuer Ausgaben seiner Schriften nur noch dem Namen nach bekannt ist, und von dem Genelli gern eine Strophe anführte, die er sehr bewunderte, eine Inschrift auf einem Trinkgefäß, folgender Fassung:

Trinke, Freund, aus dieser Schale,
Die der Gott der Lust
Einst geformt bei einem Göttermahle
Auf Cytherens Brust.

Als zweiter dann, der nicht minder wunderliche Tiroler Koch, von dessen trefflichen Landschaften jedoch weniger gesprochen wurde, als von seiner "Rumfordschen Suppe", jener mit derbem Witz und bitterem Hohn reichlich überpfefferten Herzensergießung über den Verfall der

Kunst, deren Kraftstellen unser Freund mit schmunzelndem Behagen zu zitieren liebte. Endlich der alte Reinhard, ein wackerer Meister in seiner Art, und doch minder groß und glücklich als Künstler, denn als Jäger. Noch hör' ich Genelli die berühmte Geschichte erzählen, wie der alte Nimrod eines Tages im Zwielicht mit leerer Jagdtasche und dem Schuß noch in der Flinte in sein dämmriges Zimmer trat, unwirsch über den verlorenen Tag. Da sieht er auf seinem Tisch etwas sich regen, als ob es davon laufen wolle, und in ungekühlten Jagdtriebe reißt er, ohne sich zu besinnen, das Gewehr von der Schulter, legt an und schießt. Als er hinzutritt, zu sehen, was er geschossen, findet er einen alten Käse, den die Kugel glatt durchbohrt hat, ohne doch das tausendfältige Leben in ihm zu töten.

Das ist eine von den sogenannten Jagdgeschichten! erlaubte sich, während die anderen lachten, ein kleiner dürrer Mann zu bemerken, der den Kunstkritiker machte, für den Realismus schwärmte, dennoch aber sich häufig an diesem Tisch einfand, wo die idealistischen Spötter saßen. Sie wollen uns doch nicht zumuten, Genelli, an diese Käsejagd zu glauben?

Der Meister blitzte ihn mit seinem gutmütigsten Jupiterblicke an.

Ihnen mute ich überhaupt nicht zu, etwas zu glauben, was Sie nicht sehen, sagte er. Aber wenn diese Geschichte nicht wahr ist, so ist auch die folgende erlogen, die ich doch selbst erlebt habe. Es war in Leipzig; ich stehe eines Abends am

Fenster meiner Wohnung und blicke auf den Markt hinunter. Da sehe ich ein kleines altes Weibchen, das langsam mit trippelnden Schritten ihres Weges geht und mit einem Stöckchen auf dem Pflaster etwas vor sich her zu treiben scheint, was ich nicht erkenne. Ich gehe endlich hinunter, um zu sehen, was es ist. Was war es? Eine Herde kleiner alter Handkäse, die das Weibchen auf diese Art zu Markte trieb.

Nun fand es auch der kleine Kritiker geraten, mitzulachen. Er wußte, er durfte die Langmut des Olympiers nicht zu sehr auf die Probe stellen, wenn er nicht mit einer vollen Ladung Rumfordscher Suppe überschüttet sein wollte. Denn als der einzige Realist unter uns Idealisten hätte er, trotz seiner zweischneidigen Zunge, den kürzeren gezogen.

Nur einer lachte nicht mit, dessen aschfarbenes, schlechtrasiertes Gesicht ich überhaupt nie habe lachen sehen, obwohl ihm bei allem, was Genelli tat und sagte, in heimlicher Bewunderung das Herz im Leibe lachte: ein langer, hagerer, scheublickender Mann, in sehr schäbigem Rock, von veraltetem Schnitt, der in einem kahlen Zimmerchen, wie es hieß, von der Luft lebte und nie etwas anderes tat, als daß er, wenn ein tollkühner Kunsthändler sich zu einem solchen Unternehmen aufschwang, Genellis Entwürfe in leichter Umrißmanier in Kupfer stach. Dies, und das Bewußtsein, Platens Freundschaft besessen zu haben, waren deine einzigen Lebensfreuden, ehrlicher Schütz. "Die Treue, sie ist kein leerer Wahn!" Und du hast sie redlich bis ans Ende bewährt. Als dein Meister zu den Schatten hinabstieg, um sich auf der Asphodeloswiese zu seinen homerischen Helden, seiner Hexe und seinem Wüstling zu gesellen, litt es auch dich nicht länger hier oben in der Sonne. Ein Schatten eines Schattens zu sein, schien die rühmlicher, als hier noch länger körperlos herumzuwanken.

Ein anderer der Getreuen war schon vorausgegangen: der edle, hochsinnige Holsteiner Charles Roß, dessen Landschaften mit Verschmähung der modernen Virtuosenkünste jener certa idea nachstrebten, die einst einen Poussin und Claude begeistert hatte. An seiner stählernen Mannesseele, der es an schneidigen Ecken und Kanten nicht fehlte, hatte die weiblich zarte Hülle vor der Zeit sich zerrieben. Denn außer dem Schmerz, in einer Epoche zu leben, die in der Kunst ganz andere Götter verehrte, als die ihm die wahren schienen, drückte auf ihn der Lebenskummer um die gefesselte und geknechtete Heimat, deren Befreiung und Heimkehr zu den deutschen Stammesgenossen er nicht mehr erleben sollte. Auch ihn, wie Genelli, habe ich nie klagen hören, wohl aber zürnen und spotten hören, wobei dann seine sanften blauen Augen unter der weißen, von blondem Haar überwallten Stirn seltsam leuchteten wie vom Widerschein seiner stählernen Seele. An Genelli hat er in dessen sorgenvollster Zeit mehr getan als irgend ein anderer seiner Freunde; er war es auch, der ihm in Baron Schack den hilfreichen Gönner und Freund zuführte und die Bestellung seines Raubes der Europa vermittelte, wodurch dem Einsamen auf der Schwelle des Alters noch einmal die Genugtuung wurde, sein bestes Wollen und Können in einer Reihe großer Schöpfungen auszusprechen, freilich nicht ganz ohne Spuren der langen Vereinsamung, in der er seine kraftvollsten Jahre hingefristet hatte.

Soll ich die anderen noch aufzählen, die Jüngeren, die sich an jenen Abenden um den Meister scharten? Sie leben und schaffen noch, und nicht alle sind dem Bekenntnis jener stillen Gemeinde treugeblieben, deren Stolz es war, eine ecclesia pressa zu sein und allem schwächlich dürren und seelenlosen Unwesen des modernen künstlerischen Rationalismus den Rücken zu kehren. Einer aber, der es äußerlich am weitesten gebracht und die Genußkraft des alten Heidentums nicht bloß darum besaß, um desto schmerzlicher zu entbehren, sondern in vollen Zügen Lebensfreuden schlürfte, Karl Rahl,—auch er ist schon zu jener stillen Schar versammelt, die er auf Erden nur dann und wann besuchte, aus Italien oder von Wien herüberreisend, um dem alten Freunde die Hand zu schütteln und ein paar Tage aus dem vollen mit ihm zu leben.

Ich sehe ihn noch, wie er bei einem dieser Besuche auch abends zu Schimon kam und alle, die ihn noch nicht kannten in Erstaunen setzte durch die unerhörten Massen Fleisches, die er ruhig, ohne viel Aufhebens von seinem Appetit oder der Zubereitung zu machen, rein zur Stillung des dringendsten Bedürfnisses zu sich nahm. Er hatte etwas vom Löwen, der mit gleicher Würde und Kraft, ohne Gier und Feinschmeckerei seine Kost zermalmt. Da begreift man, sagte der Kunstkritiker mir ins Ohr, daß das Fleischmalen seine Force ist, bei solchen Naturstudien!—Aber als er dann

satt war und sich nun in die Unterhaltung mischte, konnte
man merken, daß der Leib sich nicht auf Kosten des Geistes
so heroisch nährte. Denn unmerklich ohne rhetorische
Künste, mit der unscheinbaren Gewalt eines reichen Wissens
und eines hellen Verstandes, der allen Ideenstoff sofort in
Saft und Blut verwandelte, fing er an das Gespräch zu
beherrschen, daß wir alle an seinen Lippen hingen, während
es von der kahlen Stirn des geistreichen Satyrgesichts wie
eine prophetische Flamme leuchtete. Genelli saß
schweigsam neben ihm, verklärt von dem brüderlichen
Stolz, seinen Freund aus allen Wortkämpfen als Sieger
hervorgehen zu sehen. Er trank an dem Abend für zwei,
während Rahl kaum einmal vom Ungar nippte. So saßen sie
wie die Dioskuren beisammen, jeder auf seinen Stern
vertrauend, den Stern der Schönheit, der in die
dampfumwölkte Gegenwart nur trübe hereinleuchtete, in
solchen Nächten aber den Eingeweihten im alten
hellenischen Glanz erschien.

Solche Nächte! Wie lange schon waren sie verglüht und
verglommen, und wie hell leuchteten sie beim Anblick jenes
Hauses in der Erinnerung auf. Vieles hatten die Jahre
seitdem gebracht, redliche Kämpfe und fröhliche Siege,
heitere Tage und Nächte genug mit alt' und jungen
Freunden—solche Nächte nicht wieder!

Eine feierliche Wehmut überkam mich; ich ließ den Kopf
auf die Brust sinken und vertiefte mich eine Weile in den
Abgrund dieses geheimnisvollen Erdendaseins. In die Tür
mir gegenüber war ich, seitdem die stille Gemeinde in alle

Winde zerstreut war, nie wieder eingetreten. Was hatte ich dort auch zu suchen? Heute fühlte ich einen unwiderstehlichen Trieb, wenigstens in den langen Flur hineinzuspähen, durch den uns sonst der kleine schwindsüchtige Kellner, Karl, der nun auch längst einen besseren Schlaf genießt, hinauszuleuchten pflegte, um das Haustor hinter uns zu schließen. Ich versuchte den Türgriff, und obwohl die Polizeistunde schon längst vorüber war, gab die Tür dennoch willig und geräuschlos nach. Es mußten noch Gäste drin beim Weine sitzen.

Aber um keinen Preis der Welt hätte ich's übers Herz gebracht, fremde
Gesichter an der geweihten Stätte zu sehen.

Ich setzte mich, um nur noch einen Augenblick in der Stille meinen Erinnerungen nachzuhängen, auf eines der leeren Fässer, die an der Wand standen, und sah den tiefen Hausgang hinunter, aus dessen Hintergrunde eine schläfrig rote Laterne mich vertraulich anblinzte. Es war im Hause totenstill, und eine seltsame Moderkühle, mit Weingeruch vermischt, wehte mich aus Flur und Kellertreppe an. Dann und wann hörte ich draußen einen Nachtschwärmer vorbeitrappen und konnte an seinem gleichen oder ungleichen Schritt erkennen, ob es ihm kühl oder schwül unterm Hute war. Durch die halboffene Tür fiel ein armsdicker gleißender Strahl des Mondlichtes herein, auf den ich unverwandt starren mußte, als sollte mir von daher, wie weiland Jakob Böhme durch den Sonnenstrahl auf einer zinnernen Schüssel, eine mystische Offenbarung zuteil werden. Ich wartete aber umsonst—und über dem Harren und Sinnen wollten mir endlich eben die Augen zufallen-Da kam ein schlurfender Schritt aus der Tiefe des Hausgangs auf mich zu, jener bekannte schlaftrunkene Kellnerschritt in ausgetretenen Hausschuhen. Ich dachte, man komme mich hier wegzuweisen, damit das Haus geschlossen werden könnte, und fuhr in die Höhe. Erschrocken sah ich die wohlbekannte Gestalt des kleinen Karl vor mir stehen.

Sie sind es? sagte ich. Wie kommen Sie denn wieder hierher? Sind sie denn nicht längst-Er sah mich aus seinen müden, geröteten Augen so wunderlich an, daß mir das Wort in der Kehle stecken blieb.

Die Herren schicken mich, sagte er in schläfrig-leisem Ton, um zu sehen, ob Sie denn noch nicht kommen. Es sei schon sehr spät, und sie würden nicht mehr lange bleiben.

Welche Herren? fragte ich, während ich von meiner Tonne herunterstieg.

Sie kennen sie ja wohl, erwiderte der Kleine und wendete sich schon, um wieder hineinzugehen. Übrigens wie sie wollen. Die Herren meinten nur-Damit ging er mir voran, und ich besann mich nicht länger, der seltsamen Einladung zu folgen. Auch fühlte ich, wunderbarerweise, nicht den leisesten unheimlichen Schauer. Ich könnte fast glauben, dies sei ein Traum, sagte ich so für mich hin; aber ich habe doch die Augen weit offen und sehe die rote Laterne und höre das Hüsteln des kleinen Karl. Nun, was es auch sei und wen ich auch sehen werde,—in diesem Haus und unter so guten Freunden brauche ich mich nicht zu fürchten.

Und doch, als wir uns der Tür der Weinstube näherten, mußte ich plötzlich stehen bleiben. Das Herz klopfte mir heftig, und eine tiefe Rührung überschauerte mich. Denn aus dem Innern hörte ich nun deutlich eine unvergeßliche Stimme, die mir zum letzten Male so wehmütig Lebewohl zugerufen hatte auf dem verschneiten Schiller-und- Goethe-Platz zu Weimar.

Er soll nur hereinkommen, erscholl die Stimme wieder, mit der alten freudigen Kraft und Frische. Per Bacco! er wird doch dem Wein nicht abgeschworen haben und unter die Wasserdichter oder Bierphilister gegangen sein? Guten Abend, Freund! Setzen Sie sich zu uns. Der Schütz wird ein wenig Platz machen. Oder wollen Sie sich lieber bei Charles Roß niederlassen? Karl, noch einen Spitz! Man lebt nur einmal—hätt ich beinah gesagt.

Ich war eingetreten, und ein rascher Blick hatte mir gezeigt, daß ich unter lauter Bekannten war. Auf seinem gewöhnlichem Platz an der Wand mein alter Genelli, neben ihm, etwas magerer und blasser und, wie es schien, in trübseliger Laune sein Dioskurenzwilling, gegenüber die beiden schon genannten, die auseinanderrückten, um mir einen Platz in ihrer Mitte freizumachen. Sie nickten mir alle zu, und Freund Roß murmelte etwas, das ich nicht verstand. Keiner aber bot mir die Hand, und auch sonst war ein Zug von Fremdheit, Ernst und Kummer in ihren Mienen, der mich nachdenklich machte. Vor einem jeden stand eine halbvolle Flasche und ein Glas mit rotem Wein, aus dem sie dann und wann in bedächtiger Stille einen langen Zug tranken. Dann glühten für einen Augenblick die bleichen Wangen und matten Augen, und es fuhr ein Zucken durch ihren Körper, als wollten sie eine Last abschütteln. Gleich darauf saßen sie wieder starr und stumm und senkten die Blicke ins Glas.

Ich konnte, obwohl keine Gasflamme brannte, jede Miene in diesen vertrauten Gesichtern deutlich erkennen, denn der Mond schien mit blendender Klarheit durch ein Seitenfenster herein und erleuchtete gerade unseren Tisch, während die Winkel des Gemachs dunkel blieben. Nun regte sich dahinten noch eine Gestalt und näherte sich mir, mich zu begrüßen. Ich erkannte den schwarzen, schon etwas mit Silber angesprengten Krauskopf unseres Wirts und wunderte mich über mich selbst, daß mich dieses Wiedersehen fast lebhafter erschütterte als das der trefflichen Freunde.

Sie bemühen sich in Person, Herr Schimon, rief ich, als ich ihn Glas und Flasche vor mich hinstellen sah. Wahrhaftig, ich hätte mir nicht träumen lassen, daß ich noch einmal das Vergnügen haben würde—Wieder brachte ich den Satz nicht zu Ende, denn ich sah plötzlich alle Blicke auf mich gerichtet, als fürchte man, daß ich etwas Ungeschicktes sagen möchte.

Unser Herr Wirt darf doch nicht fehlen, wenn wir uns einmal wieder eine gute Stunde gönnen! fiel mir Genelli ins

Wort. Setzen Sie sich zu uns, Herr Schimon. Ihr Wein will heute nicht recht wärmen. Und was haben Sie sich für eine sparsame Gasbeleuchtung angeschafft? Gleichviel! wo solche Leute beisammen sitzen, können sie ihr eigenes Licht leuchten lassen. Aber mit dem Rahl ist nichts anzufangen. Celesti dei! wie kann man sich gewisse unvermeidliche Dinge dermaßen zu Herzen nehmen! Der Mensch lebt nicht von Fleisch allein, und der ganze übrige Bettel—pah!

Er rümpfte, wie er es gern tat, wenn ihm wohl war von trotzigem
Selbstgefühl, die volle Unterlippe und leerte sein Glas auf einen Zug.
—Niemand sprach ein Wort; der kleine Karl schlich mit einer vollen
Flasche heran und setzte sie vor den Meister hin. Ich sah jetzt, daß
Genelli der einzige war, dessen Augen kein Hauch von Trübsinn und
Müdigkeit verschleierte, und daß der mächtige Kopf auf dem Stiernacken
noch so ungebeugt sich bewegte wie je in seinen lebensfrohesten Tagen.

Nun sagen Sie, wandte er sich wieder zu mir, wie läuft die Welt? Was treiben Sie? Was macht das große Irrlicht? Nährt es sein windiges Flämmchen noch immer aus dem Sumpfboden der faulen Zeit und seiner eigenen Nichtsnutzigkeit? Ich habe Ihnen einmal die Karikaturen

gezeigt, die ich auf diesen großen Impostor gemacht habe;
sie sind freilich noch nicht zeitgemäß, aber auch ihre Zeit
wird kommen, wenn überhaupt noch ein Hahn nach ihm
kräht, sobald er das Zeitliche gesegnet hat. Pah! der wird
sich wundern, wenn er an einen gewissen Fluß kommt und
übergesetzt sein will und der alte Fährmann ihm erst den
Paß revidiert. Aber wir wollen uns den Wein nicht
verderben. Es lebe, wer's ehrlich meint!

Jeder erhob sein Glas, ich wollte mit Charles Roß
anklingen, merkte aber, daß es nicht angebracht war. Er
trank stillschweigend, nickte mir schwermütig zu und setzte
das Glas lautlos wieder hin.

A proposito "wer's ehrlich meint!" fing Genelli wieder an,
was macht denn unser Kunstvogt, der Kritikus? Warum
haben Sie ihn heute nicht mitgebracht? Wissen Sie, so recht
konnte ich eigentlich nie ein Herz zu ihm fassen, aber ein
ehrlicher Kerl ist er doch. Er streckte sich eben nach seiner
Decke, die manchmal verdammt kurz war. Davon bekam er
dann selbst eine Ahnung, wenn ihm die Zehen froren, und
dann sah er sich nach was Besserem, Größerem und
Breiterem um, und in solchen Stunden verstanden wir uns
ganz gut. Hernach aber kroch er doch wieder ins Enge
zurück, da das nun einmal Mode ist in dieser bettelhaften,
pauvren Zeit. Haben Sie ihn lange nicht gesehen?

Das letzte Mal, erwiderte ich, haben Sie uns wieder
zusammengeführt. Ich traf ihn vor Ihrer Omphale in der
Schackschen Galerie. Er wußte nicht genug den

Bacchantenzug unten in der Predelle zu loben. Solche Zentauren, sagte er, haben selbst die Alten nicht zu stande gebracht, solch verwünscht leibhaftiges, liederliches Gesindel von Manngäulen oder Roßmenschen, und nun erst die Weiberstuten, zumal die eine da oben, die an der Rose riecht, die sind so mit Händen zu greifen, daß keinem einfällt zu fragen, ob man mit zwei Mägen, zwei Herzen und sechs Gliedmaßen auch vor der gestrengen Wissenschaft der Anatomie bestehen könne. Sie wissen, setzte er hinzu, ich bin sonst ein Anhänger des entschiedensten Realismus und glaube, daß die Zeit der Götter, Helden und Zentauren vorbei ist. Aber vor diesen Genellischen Fabelwesen muß man den Hut abziehen, die haben Rasse; es kommt mir manchmal vor, als müsse er dabei gewesen sein, als könne kein Mensch sich solch verteufeltes Heidenzeug aus den Fingern saugen.

Er ist auch dabei gewesen! sagte der Meister nun, und sein fröhlicher Blick wurde fast feierlich. Und was insbesondere die Zentauren betrifft, warum soll ich es leugnen, daß ich wirklich diese merkwürdige Schicht der antiken Gesellschaft in einem Musterexemplar studiert habe, daß ich so glücklich gewesen bin, den letzten der Zentauren persönlich kennen zu lernen?

Alle Augen richteten sich jetzt auf ihn, der die seinigen aber durchaus nicht niederschlug, wie man sonst wohl zu tun pflegt, wenn man auf einer Münchhausiade nicht gleich ertappt zu werden wünscht.

Ich will Ihnen die Geschichte erzählen, fuhr er fort, sich heiter im Kreise umblickend. Es scheint ohnehin heute kein rechter Diskurs zustande kommen zu wollen. Der Rahl, seitdem er vom Fleisch gefallen, ist unter die Trappisten gegangen; seine jetzige Diät—sie ist freilich miserabel genug—schlägt ihm weder geistig noch leiblich an. Freund Roß, glaub' ich, denkt an Weib und Kind, und der Schütz war nie ein großer Redner. Abgedankte Leute wie wir sollten allerdings stille liegen und den Mund nur auftun zu einem Kyrie oder Peccavi. Aber wie sagt Falstaff? Hol die Pest alle feigen Memmen! Karl, noch einen Spitz! Und nun will ich euch sagen, wie das mit dem Zentauren sich ereignet hat.

Es war im ersten Sommer, als ich mich in München niedergelassen hatte, das Jahr hab' ich vergessen. Juni und Juli waren kühl gewesen, dafür brach im August eine solche Mordhitze herein, daß man hier in der Stadt wie im Fegefeuer nach Luft schnappte und ich's wahrhaftig bei der Arbeit nicht aushielt, außer in dem paradiesischen Kostüm, in dem Freund Rahl damals in Rom in seinem Atelier herumging, zum Staunen der schönen Nachbarinnen gegenüber, die durchs offene Fenster hereinsahen, und zu großem Ärgernis ihrer signori mariti, die endlich den Hern Pfarrer des Viertels an ihn abschickten, um ihn zu christlich ehrbarer Zucht und Bekleidung zu ermahnen. Wie der Schalk da dem Biedermann um den Bart gegangen, ihm mit gutem Schinken aufgewartet und mit Orvieto so lange eingeheizt hat, daß auch dem Pfarrer endlich die Glut zum Dach herausschlug und er sich zureden ließ, eines seiner

Gewänder nach dem anderen abzulegen, bis er in derselben einfachen Sommertracht wie sein Wirt auf den kühlen Fliesen herumspazierte,—das habt ihr, denk' ich, noch in guter Erinnerung. Genug, ich hielt es zuletzt nicht länger aus und beschloß, mir im Gebirge einen besser gelüfteten Schattenwinkel zu suchen, als meine Dachkammer war. So fuhr ich mit dem Stellwagen eine Strecke ins Land hinein gegen den Inn zu und wanderte dann von der ersten Station, wo mir die Gegend gefiel, mit meinem leichten Ränzel bergan.

Obwohl aber dort das Flußtal hinunter "ein guter Luft" ging, wie die Tiroler sagen, merkte ich doch bald, daß ich des Steigens in der Mittagssonne ungewohnt war, und war froh, nach zwei sauren Stunden ein großes Dorf aus dichtem Walnußlaub mir zuwinken zu sehen, recht fett und bequem auf der sanftansteigenden Halde hingelagert. Gegen Westen stieg der Berg jählings in die Höhe, bis endlich auch den Tannen und Föhren der Atem ausging und sie ihm nicht mehr nachklettern konnten. Da oben hinter den kahlen Gipfeln mußte die Sonne selbst im Hochsommer frühzeitig verschwinden und der Bergesschatten eine angenehme Kühle über den Abhang ergießen.

Also war ich rasch entschlossen, hier Rast zu machen, obwohl es für heute nicht sehr ruhig herzugehen versprach. Es war eben Kirchweih und das einzige Wirtshaus gestopft voll von trinkenden, kegelnden und juhschreienden Bauern. Überdies waren ein paar Kauf- und Schaubuden dicht neben dem Wirtsgarten aufgeschlagen, zwischen denen sich ein buntes Gedränge hin und her trieb, besonders vor der Bude eines Italieners, der ein ausgestopftes Kalb mit zwei Köpfen und fünf Füßen für ein paar Kreuzer sehen ließ. Ich versparte mir diesen Genuß für den Abend, da ich vor allem nach einem kühlen Trunk lechzte, schlug mich auch endlich durch Flur und Treppe durch bis auf die obere Laube, wo ich hinter dem Geländer des Altans ganz in der Ecke einen Sitz auf der Bank und ein Seidel roten Tiroler eroberte. Den Wein stellte ich vor mich auf die hölzerne Brustwehr, streckte mich nach Herzenslust aus und sah, während ich langsam mich verkühlte, über das Bauerngewühl unten um die Tische über den Gartenzaun und die nächsten Hütten hinweg in die prachtvolle Gebirglandschaft hinaus.

Kaum eine halbe Stunde mochte ich so geruht haben, da sah ich auf dem breiten Feldwege, der zu dem nächsten, höher gelegenen Dörfchen führte, einen ganz seltsamen Schwarm sich heranbewegen.

Ich glaubte im ersten Augenblicke, der Wein, den ich etwas hastig getrunken, werfe so wunderliche Blasen in meiner Phantasie, daß ich am hellen Tage einen fabelhaften Traum träumte. Auch war die wunderliche Gruppe noch so ferne, wohl drei Büchsenschüsse von meinem Luginsland, daß ich meinen Augen wohl mißtrauen durfte. Aber obwohl sich's in ruhigem Schritt fortbewegte, kam es doch unaufhaltsam näher, und nun konnte ich endlich nicht mehr zweifeln, daß ich in Wirklichkeit "sah, was ich sah, und hörte, was ich hörte".

Stellt euch vor, in der goldigsten Herbstsonne kam auf der weißen staubenden Bergstraße ein riesenhafter Zentaur dahergetrabt, in einem würdevollen beschaulichen Viervierteltakt, wie der alte Schimmel, der im Wilhelm Tell mitspielt und den Landvogt in die hohle Gasse tragen muß. Hinter ihm drein, aber in scheuer Entfernung, etwa um einige Pferdelängen, zottelte und trottelte ein lautloser Haufen alter Mütterchen, lahmer und preßhafter Männlein und ganz junger Kinder, alles nämlich, was von jenem abgelegenen Dorfe entweder zu alt oder zu jung gewesen war, um die nachbarliche Kirchweih mitzufeiern. Der riesige fremde Gast mochte sich mit Gutem oder Bösem so in Respekt gesetzt haben, daß man ihm ohne jede Anfechtung, weder durch Geschrei, noch tätliche Neckereien, das Geleit gab. Aber je näher der abenteuerliche Zug dem Kirchweihdorfe kam, desto deutlicher sah ich besonders die Weiblein bemüht, die Aufmerksamkeit der noch ahnungslosen Nachbarn schon von weitem zu erregen, durch Winke mit den dürren Armen, Krückstöcken und Kopftüchern, auf die freilich über der Tanzmusik und dem Festtreiben rings um mich her keine Menschenseele aufmerksam wurde.

So konnte sich das heidnische Ungetüm unbeschrien der Dorfmark nähern, und erst, als es bei den letzten Hütten vorbeitrabte und nun gerade auf das Wirtshaus lossteuerte, wurden die Bauern inne, daß sich etwas ganz Unerhörtes begab. Nun war freilich der Effekt, den dies Intermezzo machte, um so gewaltiger. Im Nu stob alles auseinander, was unten im Wirtsgarten und um die Schaubuden sich zusammengedrängt hatte. Wie Ameisen durcheinander wimmeln, wenn man mit dem Stock in ihren Bau stößt, so stürzten Männer und Weiber in wilder Flucht vom Wirtshaus weg, und jedes suchte eine Tür, einen Zaun oder einen Baum zu erreichen, hinter denen man vor dem ungefügen vierbeinigen Mirakel auf den ersten Anlauf sicher wäre. Ebenso hastig aber fuhren alle, die in den Häusern und oberen Räumen der Schenke waren, an die Fenster und starrten entsetzt nach dem Scheuel und Greuel hinaus. Auf den Lärm des ersten Aufruhrs folgte eine tiefe Stille; selbst die Hunde, die erst wütend losgebellt hatten, zogen sich, als sie die mächtigen Hufe des Ankömmlings gewahrten, vorsichtig mit bangem Winseln zurück, und nur die kleinen Bauernpferde, die an ihren Krippen schmausten, begrüßten ihn mit zutraulich gastfreundlichem Wiehern, da er ja jedenfalls, soweit er zu ihnen gehörte, ihrem Geschlecht alle Ehre machte.

Ich war vielleicht der einzige, der nicht den Kopf verlor, zunächst als ein alter eingeteufelter Heide, der ich war, und in der ganzen fabelhaften Naturgeschichte wohlbewandert, dann aber auch, weil das Entzücken über die ungemeine Schönheit des Fremdlings keine Furcht aufkommen ließ.

Was ich selber hernach an solchen Zwiegeschöpfen gemalt, oder Freund Hähnel in seinem Dresdener Theaterfries gemeißelt hat, würde sich gegen diesen göttlichen Burschen in Fleisch und Bein ausgenommen haben wie Halbblut gegen Vollblut.

Obgleich freilich an das, was man heutzutage Vollblut nennt, nicht gedacht werden darf, wenn man sich einen Begriff machen will von der Gaulhälfte des wundersamen Kirchweihgastes. Denkt an den Bucephalus oder das trojanische Pferd, oder meinethalben an den prachtvollen Streithengst, der den Großen Kurfürsten auf der langen Brücke trägt, und nun stellt euch vor, daß der ganze heroische Gliederbau von der glattesten silbergrauen Decke überzogen war, unter der man jede Muskel spielen und bei jedem Fältchen, das sie warf, die Sonne wie auf hochgeschorenem Samt schimmern sah. Aus diesem mächtigen Gestell wuchs ein Menschenleib hervor, der sich mit dem tierischen wohl messen konnte—Arme, Brust, Schultern wie vom Farnesischen Herkules gestohlen, so recht in der Mitte zwischen fett und hager, die Haut sanft angebräunt und ebenfalls hie und da stark behaart, wie denn auch von dem mächtigen dunklen Schopf, der ihm Stirn und Haupt umwallte, noch eine wehende Mähne bis tief auf den Rücken hinunterwucherte, übrigens, gleich dem lang nachschleppenden kohlschwarzen Roßschweif, dem Anschein nach wohlgepflegt. Es war überhaupt nicht zu verkennen: das Fabelwesen hielt etwas auf sein Äußeres. Keine Spur von tausendjährigem Staub und Unrat, der Bart am Kinn zierlich gestutzt und gekräuselt, und wie ich mich erst getraute, ihm näher in das ernsthaft treuherzige Gesicht zu sehen, das nur etwa so wild war wie ein Bube, der aus Verlegenheit trotzig dreinschaut, bemerkte ich, daß er einen kleinen Rosenzweig, eben frisch, wie es schien, vom Strauch gebrochen, in das dichte Haar hinters Ohr gesteckt hatte.

So kam das schöne Ungeheuer gemächlich in den Hof der Dorfschenke getrabt, aus dem sofort auch der letzte Gast, den Maßkrug an die Brust gedrückt, mit lautem Geschrei ins Haus oder in die Wirtschaftsgebäude flüchtete. Der Schwarm von alten Weibern und Bauernkindern, der ihm das Geleit gegeben, blieb draußen auf der Dorfstraße stehen, und über der Verwegenheit des hohen Reisenden, sich so leichtbegleitet mitten in die Kirchweih zu begeben, schien allen das Wort in der Kehle zu erstarren. Wenigstens hörte man ringsum nur ein verhaltenes Summen und Schwirren, aus dem nur dann und wann ein paar Naturlaute des Schreckens und der Angst hervorkreischten. Alle erwarteten das Entsetzlichste, und wohl nur wenige mochten sein, die den Spuk nicht gerade für den leibhafen Gottseibeiuns hielten, der gekommen sei, das sämtliche halb betrunkene Gesindel recht in seiner Sünden Kirchweihblüte in die Hölle abzuführen.

Der alte Heide aber zeigte sich trotz seiner höllischen Pferdefüße als ein ganz zahmer, menschenfreundlicher Kamerad. Er sprengte geradeswegs auf die hohe Laube zu, auf der ich saß, und sah mit einer höflichen Miene, wie einer, der gerne mit einem Fremden anbinden möchte, mir ins Gesicht, der ich ihm ebenso artig zunickte. Dann aber richtete er seine großen glänzenden Augen auf das Schenkmädchen, das neben mir stand, zwei offene Flaschen voll Tirolerwein in den Händen. Sie hatte sie für die Gäste heraufgetragen, die das Hasenpanier ergriffen hatten, und stand nun, da sie, obwohl mit dem Dorfschneider verlobt, ein munteres, kouragiertes Frauenzimmer war, ohne Scheu neben mir auf dem Altan, um die Wundergestalt in aller Arglosigkeit zu betrachten. Dem Fremdling mochte die saubere Dirne—man hieß sie die schöne Nanni—ebenfalls einleuchten, nicht minder auch der rote Wein, den sie trug. Mit so viel Lebensart, wie man solchen Roßmenschen kaum zutrauen sollte, nahm er den Rosenzweig hinterm Ohre hervor, roch erst daran und überreichte ihn dann ohne Mühe, da Haupt und Schultern noch über die Brüstung der Laube herausragten, dem schönen Kinde, das etwas geschämig tat, die Blumen aber doch nicht ausschlug, sondern in ihren Brustlatz neben den silbernen Löffel steckte. Zugleich schien sie gemerkt zu haben, worauf die ganze Huldigung abzielte.

Ohne Zaudern reichte sie ihrem Verehrer die beiden vollen Flaschen hinaus, die er auch mit freundlichem Kopfnicken ergriff, und dann in so raschen Zügen leerte, wie unsereins zwei Gläser Champagner hinunterstürzt.

Ein beifälliges Murmeln unter den Kopf an Kopf gedrängten Zuschauern begleitete diese ganze trauliche Szene, und ein paar kecke Burschen wagten sogar ein "Wohl bekomm's!" oder "Gesegn' es Gott!" zu rufen, wurden aber gleich von den Vorsichtigeren niedergezischt. Aber auch dem fremden Gast schien der Wein die Zunge gelöst zu haben. Er sagte erst dem Mädchen einige Artigkeiten, die sie aber nicht verstand und nur mit Kichern und Kopfschütteln erwiderte. Dann wandte er sich an mich, fragte mich, wo er sich hier befinde, und wie das wilde Volk heiße mit den

Pelzhauben und der ohrenzerreißenden Musik, unter das er, er wisse selbst nicht wie, geraten sei. Ich antwortete- Erlauben Sie, Herr Genelli, unterbrach ihn der Wirt, der gleich uns anderen begierig gelauscht hatte, in welcher Sprache unterhielten Sie sich mit dem antiken Herrn?

Im reinsten Griechisch, Herr Schimon; Sie mögen es nun glauben oder nicht. Er sprach es natürlich etwas fließender als ich, aber mit einem Anflug an den jonischen Dialekt, der mir hie und da das Verständnis erschwerte. Indessen, es ging. Not bricht Eisen und lehrt radebrechen. Sie werden selbst schon erlebt haben, daß Sie im Traume ganz korrekt Ungarisch oder Spanisch sprachen, was Ihnen sonst sauer werden möchte. Aber unterbrechen Sie mich nicht wieder; lassen Sie mir lieber einen neuen Spitz Carlowitzer kommen. Wo war ich denn stehen geblieben? Richtig, wo ich den Spieß umdrehte und ihn fragte, wie es im Homer steht:

Wer er sei und woher, wo er wohnt und wer die Erzeuger.

Da kamen denn kuriose Dinge heraus.

Stellt euch vor, der arme Bursche war vor so und so viel tausend Jahren hoch oben durchs Gebirge geritten, in Geschäften, wie er sagte, da er als Landarzt—Kreisphysikus würde man's heute nennen—einen gewaltig großen Bezirk zu versehen hatte, lauter wildes, armes Volk, Hirten, Bärenjäger, Pfahlbauern usw. Nun war's gerade ein heißer Tag, und er hatte bei seiner Praxis überall scharf gezecht, hineingegossen, was die Leute ihm gerade vorsetzten, da er sie meist um ein Glas Wein oder Enzianbranntwein kurierte, und wie er mittags an eine Gletscherhöhle kommt, denkt er, du willst ein Schläfchen machen, streckt sich in der dämmerigen blauen Eisspelunke hin und schläft richtig ein. Was weiter geschehen, wußte er freilich nicht zu sagen, und auch ich konnte ihm nur die Vermutung aussprechen, daß Schnee- oder Eismassen um ihn zusammengestürzt und heute erst wieder aufgetaut sein müßten, daß er, wie jenes Mammutungetüm im Polareise, frisch und ohne jeden Hautgout sich in seinem Eiskeller konserviert habe, nur mit dem Unterschiede, daß auch sein Geist, dank dem vielen genossenen Spiritus, durch den unmäßigen Winterschlaf hindurch keinen Schaden gelitten und er nun als ein vorsintflutliches mythologisches Rätsel auf vier gesunden Beinen in unsere entgötterte Welt hineinsprengen könne. Ich suchte ihm in aller Kürze, so gut es ging, über die ungeheure Kluft hinwegzuhelfen, die sein Erwachen von seinem Einschlafen trennte. Aber ich merkte bald, daß die summarische Weltchronik, die ich vor ihm aufrollte, ihn sehr wenig interessierte. Er schüttelte nur den Kopf, als ich ihm erzählte, die Götter Griechenlands seien ein überwundener Standpunkt, und mit dem kleinen Lutherischen Katechismus wußte er ebensowenig anzufangen wie mit dem heiligen Augustin oder Pius IX. Auch die politischen Umwälzungen der letzten dreitausend Jahre ließen ihn völlig kalt. Als ich endlich schwieg, seufzte er so recht vom Grunde seiner ehrlichen Zentaurenseele auf und sagte: er werde von allem, was ich ihm da vorgefabelt, aus dem Zehnten nicht klug, und das sei ihm auch ganz gleichgültig. So viel merke er, daß ihm ein recht hämischer Possen gespielt worden sei mit jener

Aufbewahrung im Eiskeller; inzwischen sei alles anders geworden und nur er derselbe geblieben, wessen er sich eben nicht schäme, denn nach den wenigen Proben scheine ihm die Welt viel lumpiger, schäbiger und nicht einmal gescheiter geworden zu sein, die Wälder dünner, der Wein saurer, die Weiber—bis auf seine Freundin "Nannis oder Nannidion" (wie er sich das Nannerl ins Griechische übersetzte)—plumper und einfältiger. Nun erzählte er, was er seit seinem Erwachen für Erfahrungen gemacht hatte.

Kaum war ihm nämlich sein Gletschermantel von den Schultern geschmolzen, und er hatte sich die letzten Nebel des Schlafs aus den Augen gerieben, so war er ins Freie hinausgetrabt, ärgerlich über die, wie er wähnte lange Versäumnis von vierundzwanzig Stunden, da er einen schweren Patienten eine Stunde tiefer im Tal zu besuchen hatte. Als er sich aber umsah, schien ihm alles so wunderlich, daß er noch fortzuträumen glaubte. Dichte Wälder, durch die er sich sonst pfadlos hindurchzuwinden hatte, waren verschwunden; auf Wiesen, wo sonst der Ur und der wilde Steinbock gegrast, sah er Herden buntfarbiger Kühe weiden; hie und da stand ein Blockhaus am Wege, hoch hinauf mit Heu angefüllt, und nicht selten sah er kleine Steige gebahnt, oder Balken über Gießbäche gelegt, die er früher mit einem mächtigen Satz hatte überspringen müssen. Kopfschüttelnd hielt er still und überlegte bei sich, wie sich das alles über Nacht verwandelt haben möchte. Da er aber kein Freund von überflüssigem Nachsinnen war, beschloß er, eine benachbarte Waldnymphe um Aufschluß zu bitten, mit der er auf vertraulichem Fuße stand. Er rief ihren Namen in die Schlucht hinunter, aus der noch wie damals die mächtigen Edeltannen heraufragten. Sonst war sie gleich oben im Wipfel erschienen, da sie sehr einsam lebte und gerne eine Ansprache hatte. Heut zeigte sich nur ein altes Weib, das Enzian sammelte und beim Anblick des vierbeinigen Ungeheuers mit heiserem Jammergeschrei und heftigem Kreuzschlagen sich ins Dickicht verkroch.

Also trabte er immer nachdenklicher seines Weges weiter, und da es gerade Sonntag war und die Kirchweih alles, was eine saubere Jacke und ein paar Kreuzer in der Tasche trug, in das Dorf hinuntergelockt hatte, begegnete er auch keiner Menschenseele, als ein paar Hüterbuben, die ebenso hastig vor ihm Reißaus nahmen wie das Kräuterweib. Nun sah er auch unten die ersten kleinen Häuser, die mit ihren weißgetünchten Wänden und blanken Fensterchen als ein neues Rätsel ihm entgegenschimmerten. Hier hatten sonst nur verfallene Hütten der wilden Ziegenhirten gestanden, elende Pferche zwischen Gestrüpp und Klippen. War eine Stadt aus der Ebene ausgewandert und hatte sich in die Berge verstiegen? Ein seltsames Gebäude mit hohem Dach und spitzem Turm ragte aus den Schindeldächern in die Lüfte, und oben aus den schwarzen Turmluken drang ein unerklärliches Summen und Schallen hervor, das er nie gehörte hatte, und das in seiner feierlichen Eintönigkeit ihn vollends bestürzt machte.

Das Grauenhafteste aber in dem ganzen Märchen, das ihn an seinen gesunden Sinnen zweifeln ließ, begegnete ihm, als er den ersten Hütten des oberen kleinen Dorfs sich näherte. Unter einem spitzen, rotgetünchten Bretterdach hing da ein Mann mit ausgebreiteten, blutrünstigen Armen an ein Kreuz genagelt, aus einer Seitenwunde blutend, die Stirn von großen Blutstropfen überquollen, die unter den spitzigen Stacheln eines dicken Dornkranzes hervordrangen. Gleichwohl schien der Gemarterte noch am Leben. Er hatte die Augen weit geöffnet nach oben gekehrt, und der kundige Blick des Zentauren fand auch an den nackten Gliedern noch nicht die Farbe der Verwesung.

Er redete den armen kleinen Mann mit seiner freundlichsten Stimme an, fragte, um welches Verbrechen man ihn so schwer büßen lasse, ob er ihm vielleicht von seinem Marterholz herunterhelfen und die Wunden verbinden solle. Als er keine Antwort erhielt, berührte er sacht die Brust des stummen Dulders. Da merkte er, daß es nur ein hölzernes Bild war. Ein Rosenstrauch war neben dem Stamm des Kreuzes gepflanzt. Von dem pflückte er einen kleinen Zweig, roch daran, wie um wieder etwas Liebliches zu genießen, und verließ dann die Stätte mit immer unheimlicherem Staunen.

Im Dorf hatte gerade der Pfarrer, ein altes Männlein, das den Kirchweihfreuden längst abgestorben war, für die andern zu Hause gebliebenen Invaliden einen Vespergottesdienst begonnen, zu dem die kleinen Buben das Geläut besorgten. Wie nun der Fremdling, dem alles, was ihm links und rechts in die Augen fiel, ein Rätsel war, an die offene Kirchentüre kam, hielt er an und spähte neugierig in das halbdunkle Innere. Ein Sonnenstrahl fiel durch das kleine Seitenfenster neben dem Altar und beleuchtete das Bild einer wunderschönen Frau mit goldenen Haaren in blau und rotem Gewand, die einen Knaben auf dem Arm und eine Lilie in der Hand trug. Sie hatte die großen, sanften Augen gerade auf ihn gerichtet, als wolle sie ihn einladen, näher zu treten. Zu ihren Füßen, ihm den Rücken zuwendend, stand der kleine Pfarrer im Ornat, und die sämtliche Gemeinde kniete jetzt, gleich ihm, vor der schönen Frau. Du solltest doch hineintreten und sie dir etwas näher betrachten, sagte der Fremde zu sich selbst. Und gedacht, getan. Er trabt, ohne an etwas Arges zu denken, durch das Portal und geradewegs über die Steinfliesen, die von seinem mächtigen Hufschlag dröhnten, auf den Altar zu.

Welch einen Spektakel das gab, kann man sich denken. Im ersten Augenblick freilich versteinerte der Schrecken über diese Tempelschändung durch ein so unerhörtes, geradewegs der Hölle entstiegenes Ungeheuer die ganze andächtige Gemeinde samt ihrem Seelsorger. Dann aber besann sich dieser, der trotz seiner achtzig Jahre durchaus kein Don Abbondio war, daß der Eindringling niemand anders als der leibhaftige Satan sein könne, erhob, was er gerade Geweihtes in der Hand hatte, und rief, es gegen den Versucher schwingend, mit lauter Stimme sein "Apage! Apage! und nochmals Apage!" —Beim Zeus, sagte der Zentaur, das freut mich, endlich einem redenden Menschen zu begegnen, der noch dazu griechisch spricht. Du wirst mir nun wohl auch sagen können, Alter, wer diese schöne Frau ist, ob sie noch lebt, was ihr hier treibt, und wie sich überhaupt alles seit gestern so fabelhaft verändert hat.—Den Pfarrer überlief es eiskalt, als er sich von dem bösen Feinde anreden hörte, noch dazu in einer Sprache, die ihm natürlich griechisch war. Wieder erhob er seinen Ruf und schlug ein Kreuz über das andere, wich aber doch ein wenig vom Altar zurück, da ihn die Unbefangenheit des hohen Fremden einschüchterte, und hätte sich dieser nicht umgesehen, wer weiß, wie es abgelaufen wäre. Jetzt aber kam die Reihe, sich zu fürchten, an unsern Roßmenschen. Denn wie er die vom Schreck verstörten Wackelköpfe der alten Männer und die verwelkten Gesichter der greisen Weiblein unter ihren hohen Pelzhauben sämtlich anstarren sah, überkam ihn plötzlich die Furcht, er möchte in ein Konventikel von Hexen und Zauberern geraten sein und Strafe leiden, wenn er ihr geheimes Wesen noch länger störe. Also machte er, nachdem er der schönen Blauäugigen noch einen verehrungsvollen Blick zugeworfen, auf einmal kehrt und stob mit gewaltigen Sätzen, den Schweif wie zur Abwehr böser Geister hoch um den Rücken schlagend, über das hallende Pflaster zur offenen Tür hinaus.

Werter Freund, sagt' ich, als er mir das alles treuherzig gebeichtet und meine Aufklärungen nur halb verstanden hatte, Ihr seid in einer verwünschten Lage. Wie Ihr da geht und steht, möchte es schwer halten, Euch in der modernen Gesellschaft einen Platz ausfindig zu machen, der zu Euren Gaben und Ansprüchen paßte. Wäret Ihr nur ein paar Jahrhunderte früher aufgetaut, so etwa im Cinquecento, so hätte sich alles machen lassen. Ihr hättet Euch nach Italien begeben, wo damals alles Antike wieder sehr in Aufnahme kam und auch an Eurer heidnischen Nackheit kein Mensch sich geärgert haben würde. Aber heutzutage und unter dieser engbrüstigen, breitstirnigen, verschneiderten und verschnittenen Lumpenbagage, die sich die moderne Welt nennt—ich fürchte, mio caro, Ihr werdet es sehr bedauern, nicht lieber bis an den jüngsten Tag im Eise geblieben zu sein! Wo Ihr Euch sehen laßt, in Städten oder in Dörfern, werden Euch die Gassenbuben nachlaufen und mit faulen Äpfeln bewerfen, die alten Weiber werden Zeter schreien und die Pfaffen Euch für den Gottseibeiuns ausgeben. Die Zoologen werden Euch betasten und begaffen und dann erklären, Ihr wäret ein unorganisches Monstrum und könntet nichts Besseres tun, als Euch einer kleinen Vivisektion unterziehen, damit man sähe, wie Euer Menschenmagen sich mit Eurem Pferdemagen vertrage. Seid Ihr aber der Scylla der Naturforscher entronnen, so fallt Ihr in die Charybdis der Kunstgelehrten, die Euch ins Gesicht sagen werden, daß Ihr ein schamloser Anachronismus, eine totgeborene nur galvanisch belebte Reliquie aus der Zeit des Parthenonfrieses seid, und die Künstler, die nur noch Hosen und Wämser und kleine witzige Armseligkeiten malen können, werden sich in ihren tugendhaften Armenversorgungsanstalten, genannt Kunstvereine, zusammenrotten und bei der Polizei darauf antragen, daß Ihr ausgewiesen werdet, als der öffentlichen Moral im höchsten Grade gefährlich. Daß Ihr Praxis bekommen könntet, auch nur als Pferdearzt, ist vollends undenkbar.

Man hat jetzt ein ganz anderes Naturheilverfahren, als zu Euren Zeiten, der vielen anderen gelehrten Systeme zu geschweigen, und daß ein Doktor seine Equipage vors Krankenbette mitbringt, ist unerhört. Bliebe also nichts als der Zirkus oder die Menagerie, um Euer Brot zu verdienen, und fern sei es von mir, einem Mann von so guter Familie, wie Ihr, eine solche Erniedrigung zuzumuten. Nein, Bester, bis uns etwas Gescheiteres einfällt, will ich selbst mein bißchen Armut mit Euch teilen. Wenn ich es recht bedenke, bin ich ja nicht viel besser daran als Ihr, muß mir auch von Gassenbuben und bigotten Vetteln, Ästhetikern und meinen eigenen werten Kollegen die größten Schnödigkeiten gefallen lassen, und seht, ich lebe noch und fühle mich in meiner Haut tausendmal wohler, als all das Gewürm und Gesindel, das mir nicht das Leben gönnt. Coraggio! animo, amico mio! Dieser rote Wein ist zwar nur ein säuerlicher Rachenputzer, aber ihr werdet Euch auch nicht zu oft in Nektar gütlich getan haben, und corpo della Madonna! wenn zwei rechte Kerls miteinander Brüderschaft trinken, so adeln sie den ordinärsten Tropfen.

Damit reichte ich ihm meine Flasche, welche die Nanni wieder gefüllt hatte, und klang, das Glas erhebend, mit ihm an, wozu er als zu einem ganz neuen Brauch ein verdutztes Gesicht machte. Ich winkte dann dem Mädel, für neue Zufuhr zu sorgen, und so schwammen wir bald im Überfluß und wurden guter Dinge. Nach und nach machte unsere Kordialität auch das Bauernvolk vertraulich. Einige der Beherztesten wagten sich wieder in den Hof und zogen, da ihnen nichts zuleide geschah, bald die anderen nach sich. Sie besahen nun den Fremdling sorgfältig von allen Seiten. Der Jude Anselm Freudenberg, der mit Pferden handelte, erklärte laut, daß um tausend Loisdors ein solcher Hengst halb geschenkt wäre, stünde nur nicht das unnatürliche Vorderteil im Wege. Denn trotz der großen Fortschritte beim Militär habe man noch nirgends Kavalleriepferde eingeführt, denen ihre Reiter angewachsen wären. Eine vorwitzige Dirne wagte das Wundertier zu berühren und das samtweiche Fell am Bug zu streicheln. Das ermutigte den Schmied des Dorfes, behutsam den linken Hinterfuß aufzuheben, was der Zentaur, der eben das siebente Seidel an die Lippen setzte, in aller Gutmütigkeit geschehen ließ. Es fiel ungemein auf, daß die starken, lichtbraunen Hufe keine Spur irgend eines Beschlages zeigten, und da auch sonst so vieles ganz anders war, als bei anderen Reitpferden, erhob sich die Frage, welcher Rasse er angehöre. Endlich, nachdem man lange gestritten, tat der Schulmeister den Ausspruch, da alle übrigen Kennzeichen fehlten, werde es wohl die kaukasische Rasse sein, wogegen selbst der Jude Freudenberg nichts einzuwenden wußte.

Während aber so die öffentliche Meinung sich eben mit dem Heidengreuel auszusöhnen schien und er wenigstens, was man einen succès d'estime nennt, davontrug, war eine bösartige Verschwörung gegen den arglosen Fremdling im Gange. An der Spitze stand natürlich die hochwürdige Geistlichkeit, die es für das Seelenheil ihrer Pfarrkinder sehr nachteilig fand, sich mit einem gewiß ungetauften, völlig nackten und wahrscheinlich sehr unsittlichen Tiermenschen näher einzulassen. Ebenso aufgebracht, wenn auch aus anderen Gründen, äußerte sich der Italiener, der Besitzer des ausgestopften Kalbes mit zwei Köpfen und fünf Beinen. Seit der Fremde erschienen war, hatte er mit seiner Mißgeburt schlechte Geschäfte gemacht. Den Roßmenschen sah man gratis, er war lebendig und trank und schwatzte, und wer wußte, ob er sich nicht noch bewegen ließ einige Kunstreiterstückchen zum besten zu geben, wozu das Kalb durchaus keine Miene machte. Das konnte der Italiener nicht so ruhig mit ansehen. Es sei ein Unterschied, setzte er dem Pfarrer auseinander, zwischen einem zünftigen, von der Polizei approbierten Naturspiel und einer ganz unwahrscheinlichen, nie dagewesenen Mißgeburt, die ohne Paß und Gewerbeschein das Land unsicher mache und ehrlichen fünfbeinigen Kälbern das Brot vorm Maule wegstehle. Wenn das erst Sitte würde, daß solche Mondkälber sich ohne Entrée sehen ließen, so wäre es ja gar nicht mehr der Mühe wert, mit einem Kopf zu wenig oder ein paar Gliedmaßen zu viel auf der Welt zu kommen.

Der hitzigste aber war der Dorfschneider, der Bräutigam der schönen
Nanni.

Er hatte sich zwar, als das Ungetüm herantrabte, Hals über Kopf von der Laube ins Haus geflüchtet und seinen Schatz, der sich nicht fürchtete, im Stich gelassen. Aber durchs Fenster sah er desto grimmiger mit an, wie vertraulich das

Blitzmädel mit dem hohen Herrn schäkerte, seine Rosen annahm und ihn wohlgefällig betrachtete, während er sich ihren Wein schmecken ließ. Was von dem Fremden über die Brustwehr hervorragte, war wohl dazu angetan, den etwas schief gedrechselten Schneider im Hinblick auf seine eigene dürftige Person eifersüchtig zu machen. Zudem hatte ihn die Nanni, als er ihr das Unanständige ihres Betragens vorwarf, schnippisch genug abgefertigt und erwidert: sie verbitte sich's, daß er den Fremden einen unverschämten Kerl, eine nackte Bestie, eine Staatsmähre schimpfe. Er sei manierlicher und anständiger als manche Menschen, von denen dreizehn aufs Dutzend gingen, und andere könnten froh sein, wenn sie sich weniger zu schämen brauchten, sich nackt zu zeigen.—Das stieß dem Faß den Boden aus. Zwar dem Mädel gegenüber hüllte sich der Beleidigte in ein naserümpfendes Stillschweigen, ließ aber sein Mundwerk desto zügelloser laufen gegenüber dem Herrn Pfarrer, dem er seine Not klagte: die neue Mode, die der Unbekannte eingeführt, müsse das ganze Schneiderhandwerk ruinieren und überdies alle Begriffe von Anstand und guter Sitte über den Haufen werfen.

Von diesen Kabalen wußten wir natürlich nichts, sondern ließen uns durch die wachsende Vertraulichkeit die übrigen Kirchweihgäste immer mehr in die fröhlichste Feststimmung einwiegen. Der reichlich genossene Wein tat das Übrige, und so wenig meinem neuen Duzbruder das Volk um uns her in den hohen Hüten und Hauben, mit schwerfälligen Stiefeln, kurzen Jacken und vielfältigen Röcken gefiel, war er doch wohlgesittet genug, sich's nicht merken zu lassen und keinen zurückzuweisen, der ihm das volle Glas hinaufreichte. Nachgerade aber stieg ihm der Spuk zu Kopfe, seine Augen fingen an zu glänzen, er ließ einige Naturlaute hören, die zwischen dem landüblichen Juhschreien und gewöhnlichem Pferdegewieher die Mitte hielten, und als jetzt die Musikanten, die lange pausiert hatten, frisch zu einem Schleifer einsetzten, langte unser Freund, ohne ein Wort zu sagen, mit beiden Armen über die Brüstung, umfaßte die schöne Nanni, und setzte sie mit einem leichten Schwunge sich auf den Rücken, indem er sie durch Zeichen anwies, sich in seiner wallenden Mähne festzuhalten. Dann begann er nach dem Takte der Musik sehr zierlich sich in Bewegung zu setzen und in dem engen Raume zwischen Tischen und Bänken in den gewandtesten Courbetten seine Kunst zu zeigen, während die muntere Dirne, ihre Arme fest um seinen Menschenleib geschlungen, dann und wann mit der Ferse ihres kleinen Schuhes ihm in die Seite stieß, um ihn zu einem rascheren Tempo anzufeuern.

Das Schauspiel sah sich so allerliebst mit an, daß alle anderen Tänzer mit ihren Dirnen herauskamen und sich, um zuzuschauen, in einem dichten Kreis um das Paar herumstellten. Ich ärgerte mich nur, daß ich mein Skizzenbuch vergessen hatte und nirgends einen Fetzen Papier auftreiben konnte. So mußte ich mich begnügen, mit den Augen zu studieren, und wahrhaftig, ich konnte mich nicht satt sehen an den hundert wechselnden Wendungen und Gruppierungen, wie sie der immer übermütiger und wilder herumwirbelnde Tanz an mir vorübergaukeln ließ.

Als es aber etwa eine Viertelstunde gedauert hatte, nahm die Herrlichkeit plötzlich ein Ende mit Schrecken. Zufällig sah ich einmal über den Hof hinaus ins Tal hinunter und bemerkte eine bedenkliche Kavalkade, die sich auf der Straße vom Tal herauf dem Dorf näherte: ein halb Dutzend reitender Landgendarmen und mitten unter ihnen, mit eifrigen Gebärden nach der Schenke hinaufdeutend, zwei Zivilisten auf kleinen Bauernkleppern, in denen ich, als sie näher kamen, die beiden verbissenen Kabalenmacher, den Italiener und den Dorfschneider, erkannte. Ich rief meinem Freunde und Duzbruder in meinem besten Griechisch zu, er möge auf der Hut sein; es sei auf ihn abgesehen. Man wolle sich, wie es scheine, tot oder lebendig seiner Person bemächtigen und die ganze Rache der Philister an seiner Simsonsmähne auslassen. Aber es war umsonst. Sei es, daß die Musik meine Warnung übertäubte, oder daß der Rausch des bacchantischen Tanzes den Trefflichen gegen jede Anwandlung von Furcht gefeit hatte, genug, er hielt erst einen Augenblick inne, als die bewaffnete Macht—die Denunzianten blieben weislich im Hintertreffen—am Hoftor erschien, das dichtgedrängte Publikum erschrocken zurückwich und nun der Anführer der Schergenbande, ein schnurrbärtiger Korporal mit dickem Bauch, im allergröbsten Ton die Aufforderung an ihn ergehen ließ: auf der Stelle seinen Paß oder sein Wanderbuch vorzuweisen, widrigenfalls er nach der Fronfeste unten im Städchen gebracht und gründlich visitiert werden würde.

Der gute Bursch verstand natürlich keine Silbe, konnte auch den feindseligen Sinn der Worte nicht ahnen, da er aus seiner heroischen Welt andere Begriffe von Gastfreundschaft mitgebracht hatte. Also sah er sich mit einem drolligen Ausdruck von Ratlosigkeit nach mir um, und erst, als ich ihm erklärt hatte, daß diese breitmäuligen Herren Jäger seien und er das Wild, und daß man im Sinne habe, ihn in einen Stall zu sperren, wo er bei schmalem Futter über die Wohltat der Gesetze und die Fortschritte der Kultur nachdenken könne, ging ein verächtliches Lächeln über sein ehrliches Gesicht. Er antwortete nur mit einem Achselzucken, setzte sich dann, als beachte er diesen Zwischenfall nicht im geringsten, langsam wieder in Galopp, wobei er die Hände des Mädchens, die sich vor seiner Brust verschränkten, sanft an sich drückte, und so, immer rascher und rascher im engen Kreise herumsprengend, ersah er plötzlich die Gelegenheit, nahm einen kecken Anlauf und setzte mit einem prachtvollen Sprung—ungelogen wohl zwölf Schuh hoch und zwanzig weit—über die Köpfe der Bauern weg, daß nur den letzten, die draußen standen, die Hüte von den Schädeln flogen. Und während die Weiber laut aufschrien, die Gendarmen fluchten und mit gezogenem Seitengewehr ihm nachsetzten, auch ein paar unschädliche Pistolenkugeln ihm nachknallten, sprengte er über Wiesen und Felder bergan, das entführte Mädchen sicher auf seinem Rücken haltend, wie ein Löwe, der ein Lamm aus einer Schafhürde geraubt hat und es unter dem Schreien und Drohen der nachjagenden Hirten in seine Höhle trägt.

Als es oben angekommen war, wo eine tiefe Schlucht den Abhang durchschneidet, hielt er still und wandte sich zu seinen Verfolgern um, die noch tief unter ihm in ohnmächtiger Wut die Steile hinaufkeuchten. Ich konnte sein Gesicht, selbst durch mein kleines Fernrohr, nicht mehr deutlich erkennen, sah aber, daß er sich zu dem Mädchen zurückwandte und nun, wahrscheinlich von ihrer Angst und ihrem kläglichen Flehen gerührt, ihre Hände losließ, so daß sie sacht von seinem Rücken auf die Wiese niedergleiten konnte. Ihre Lage war allerdings nicht die angenehmste. So sehr ihr die ritterliche Huldigung des Fremden geschmeichelt hatte, und eine so traurige Figur ihr Schatz neben ihm spielte,—eine solide Versorgung konnte sie von diesem reitenden Ausländer nicht erwarten. Als sie daher merkte, daß aus dem Spaß Ernst werden sollte, behielt ihre praktische Natur die Oberhand, und sie wehrte sich entschieden gegen alle Entführungsgelüste. Wie eine gejagte Gemse vor dem Treiber sprang sie von Stein zu Stein den Abhang hinunter ihrem Schneider wieder in die Arme.

Der Zentaur sah ihr eine Weile nach, und meine Phantasie malte sich deutlich den Ausdruck eines göttlichen Hohnes aus, der durch seine Mienen blitzte und dann einer erhabenen Schwermut wich. Als die wilde Jagd mit Toben und Kreischen ihm auf die Weite eines Steinwurfs nahe gekommen war, winkte er noch einmal mit der Hand hinunter—einen Gruß, den ich wohl mir allein aneignen durfte—, schwenkte dann gelassen, mit einer fast herausfordernden Wendung seines Hinterteils, nach rechts ab und verschwand unseren nachstarrenden Blicken in der pfadlosen Kluft, um nie wieder aufzutauchen.

Wir hatten alle andächtig zugehört, nur Rahl schien zu schlafen, wenigstens blinzelten seine geschlitzten Satyraugen verdächtig in den Mondschein. Als der Erzähler jetzt schwieg, tat er einen tiefen Seufzer und erhob sich vom Sitz, an der Wand herumtastend, wie um seinen Hut vom Haken zu nehmen.

Accidente! wollt Ihr schon aufbrechen! sagte Genelli. Hol die Pest alle die feigen Schlafmützen! Wir sind eben im besten Zuge—Die Geschichte hat mir die Zunge ausgedörrt—noch einen Spitz, Herr Schimon! Auf die Gesundheit aller revenants, die Zentauren mit einbegriffen. Sie haben zwar keine bleibende Stätte in diesem miserablen neunzehnten Jahrhundert und müssen sich wieder hinausmaßregeln lassen. Aber sagt selbst: wenn man zu wählen hätte zwischen dem Schneider, der das Glück hat und die Braut heimführt, und jenem armen Burschen—ich wenigstens, so lange noch ein roter Tropfen—aber corpo di Bacco! Schimon, wo bleibt mein Carlowitzer?

Der Wirt näherte sich mit ehrerbietiger, geheimnisvoller Miene, Sie wissen, Herr Genelli, raunte er ihm zu, wenn es auf mich ankäme—aber beim besten Willen—die Instruktionen sind erst neulich verschärft worden, und ich habe einen Wischer bekommen, weil ich hier oben noch eine halbe Minute nach Eins-Ah so, murmelte der alte Meister und stand unwillig auf. Immer die ewigen Scherereien. Die Nacht ist ja noch lang genug, und ob wir's hier oben einmal mit der Polizeistunde nicht so genau nehmen, wem schadet's? Aber man ist ein armer Tropf, und der selige Achilleus hat recht:

Lieber ein Tagelöhner im Licht, als König der Schatten!

Geben Sie mir die Hand, Schütz. Es ist hier so verwünscht dunkel, oder sollte mir die Geschichte zu Kopf gestiegen sein? Wo ist der kleine Karl, uns heimzuleuchten? Felice notte!

Damit ging er leicht auf den Arm des hageren Freundes gelehnt, voran, ganz mit seinem alten rüstigen Schritt und aufrechter Haltung, aber barhaupt, und so folgten ihm die andern. Der kleine Karl schwankte, ein Kellerlämpchen hoch über seinem Kopf haltend, voran, Schimon war der letzte und wartete an der Tür auf mich, als wolle er hinter mir abschließen. Er tat es aber nicht, sprach auch kein Wort zu mir, sondern sah mich nur mit einem wehmütigen Zwinkern seiner kleinen schwarzen Augen an, als wollte er sagen: wir haben bessere Zeiten erlebt!—Während wir durch den langen düsteren Hausgang schritten, fiel es mir auf, daß ich keinen Fußtritt hörte. Und dann wollte auch der Gang kein Ende nehmen, so hastig wir hindurchgingen. Ich sah noch deutlich über die Scheitel der anderen weg Genellis graues Haupt durch das Zwielicht ragen, von dem Lämpchen rot angeschienen. Es fiel mir aufs Herz, daß ich ihm noch so viel zu sagen hatte, vor allem ihn fragen wollte, wann er hier wieder zu treffen sei. Ich sputete mich, ihm nachzukommen, und in der Tat trennten mich von ihm nur wenige Schritte. Aber je rascher ich ging, desto unerreichbarer blieb er mir. Endlich trat mir der kalte Schweiß auf die Stirn, der Atem stockte mir, ich fühlte meine Füße wie von Bleigewichten an den Boden gezerrt. —Nur ein paar Augenblicke will ich hier ausruhen, Herr Schimon! sagte ich und sank auf eines der Fässer, die an der Wand standen.—Sagen Sie es den Herren—sie sollen draußen auf mich warten!

Es kam keine Antwort. Statt dessen fuhr ein scharfer Luftzug durch die offene Tür, verlöschte die Lampe des kleinen Karl und wehte mir in das heiße Gesicht. In demselben Augenblick dröhnte es Eins vom Frauenturm, und ich hörte eine Stimme neben mir: Das Haus wird geschlossen. Ich muß schon bitten, Herr, daß sie sich eine andere Schlafstelle suchen.

Erstaunt sah ich auf und starrte einem ganz unbekannten, vierschrötigen Hausknecht ins Gesicht.

Verzeiht, guter Freund, stammelte ich, ich habe mich hier nur einen
Augenblick—die Herren sind ja auch eben erst gegangen.

Ja so, sagte er, Sie gehören zu der geschlossenen Gesellschaft, die hier einmal in der Woche Tarock spielt. Wenn ich sie etwa nach Hause bringen soll-Ich erhob mich rasch und trat auf die Straße hinaus. Meine Stirn war kühl

geworden, das Herz desto wärmer, und wie ich gegen den
Mondhimmel sah, an dem leichtes Gewölk in phantastischen
Streifen hinzog, summte ich leise die Worte:

    Wolkenzug und Nebelflor
  Erhellen sich von oben;
  Luft im Laub und Wind im Rohr—
  Und alles ist zerstoben.